KB161980

아날로그를 그리다

아날로그를 그리다

유림

행복우물

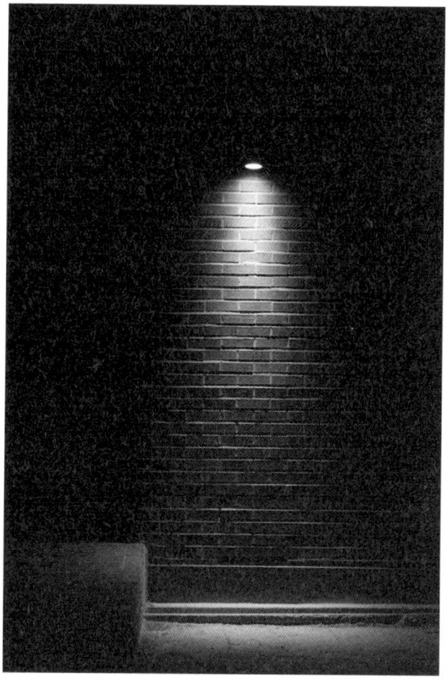

"넌 시대를 잘못 타고 태어난 거 같아" 이십 대 초반, 직장 선배에게 들은 이야기였다. 그도 그럴 것이 최신 노래나 영화보다 비틀즈, 김광석의 노래를 즐겨 듣고 험프리 보가트, 오드리 헵번이 나오는 흑백영화를 좋아하는 것을 주위에선 꽤 별스럽게 여겼다. 컬러사진보다 흑백사진을 좋아했고, 텔레비전을 켜는 일보다 라디오 주파수 맞추는 일이 많았다.

누군가는 촌스럽다 했고 누군가는 독특한 취향이라 했다. 어찌 보면 그렇게 해서라도 특별해지고 싶었던 것일 수도 있다. 남들이 보냈을 그 평범하고 안락한 유년시절이 내게는 없었기에 남들에게 없는 추억들을 스스로 만들고자 했던 것이다. 무어라 불리던 나는 어렴풋한 잔상들을 포기할 수 없었다.

힘든 시기마다 나를 지켜주고 위로해 주었던 그 시절 가장 따뜻한 기억이기에. 무지개처럼 화려하지 않지만 순백의 첫눈 같던, 그 순간들을 돌아갈 순 없지만 마음껏 그리고 기리기로 했다.

어렴풋이 떠오르는 어린 시절 가운데 유독 선명하게 그려지는 기억이 달콤하다면 그것은 꽤나 큰 행운일지도 모른다. 이사를 자주 다녀서 친구가 별로 없었던 나는 마당 한쪽에 심은 방울토마토 나무와 캐러멜 상자 속의 곰인형에게 이름을 지어주고 친구 삼았다. 때로는 빈 상자들을 모아 집을 지어주기도 했다. 그리고 그곳에 종종 숨어들어 달콤한 꿈을 꾸었다. 이제는 기억속에만 존재하는 장소들은, 때로는 외로웠던, 그래서 열렬히 지우고 싶었던 유년시절 기억의 은신처이기도 하다.

세상과 마주하는 일이 조금은 두렵지 않게 된 지금, 기억의 무덤 속으로 하나 둘 사라져가는 것들을 살리고 싶었다. 낡은 창고에서 꺼내 올린 이야기들이 조금은 촌스럽거나 투박할 수도 있다. 하지만 매일 밤 라디오 앞에서 주파수를 맞춰본 이는 알 것이다. 연필로 흰 종이 위에 꾹꾹 마음을 눌러 담아본 이는 알 것이다. 동시상영관에서 좋아하는 영화를 밤새 본 이도 알 것이다. 저마다 그리는 아날로그가 있다는 것을.

느리게 걷고 싶거나 혹은 주저 앉고 싶은 날,
이 글들이 잠시나마 당신의 은신처가 되기를

2020년 6월, 유림

목차

想

―

기 억 속 어 딘 가

심지

90년대 후반, 동인천역 부근에는 '심지'라는 음악감상실이 있었다. 좁은 계단을 힘겹게 올라 4층에 들어서면 쿵쾅거리는 사운드와 함께 심장도 요동치기 시작했다. 어둑한 공간에 들어서면 정면에 대형 스크린이 있었고 극장형 좌석이 배치되어 있었다. 우측 코너에는 VJ 부스가 있었는데 그 앞에 하얀색 메모지와 연필을 비치해두고 듣고 싶은 곡을 신청할 수 있게끔 했다.

。

운수 좋은 날도 있었다. 좋아하는 가수의 뮤직비디오가 여러 차례 나오거나 꼬깃꼬깃 접어 넣은 신청곡이 뽑히는 날 같은. 극장처럼 상영시간이 있는 것도 아니었고 음악다방처럼 차를 시켜야할 필요도 없었다. 지금처럼 인터넷으로 뮤직비디오를 쉽게 접할 수 없었던 시기, 심지는 음악을 좋아하는 이들에게 성지와도 같은 곳이었다. 푹 꺼진 의자에 늘어진 어깨를 걸치고 눈물을 훔치는 사람도 있었다.

。

고등학교를 졸업한 후 동인천을 찾는 일이 줄었다. 몇 년이 흘러 그곳을 다시 찾았을 땐 이미 문을 닫은 후였다. 그때까진 '심지'라는 이름의 뜻을 명확히 몰랐다. 사실 굳이 생각해본 적이 없다.

19

심지 – '등잔, 초 따위에 불을 붙이기 위하여
꼬아서 꽂은 실오라기나 헝겊'

심지는 타고 없어졌지만, 그곳을
찾았던 이들이 가슴에 피웠던 불꽃은 꺼지지 않았기를

우물이 있는 집

아주 오래된 집에 살았던 적이 있다. 그 집은 내가 살았던 집 가운데 가장 특별한 집이었는데 널찍한 마당이 있어서 강아지와 함께 뛰어놀기도 좋았고 집 주변으로 나무들이 무성해 아침저녁으로 풀벌레 소리와 새소리도 들을 수 있었다. 감나무도 있어 가을이면 감도 따먹을 수 있었다. 낡은 박달나무로 지어진 그 집이 아직도 생생하게 기억나는 것은 마당 한가운데 있었던 우물 때문이다.

。

수돗물이 나오긴 했지만 이따금 단수가 될 때면 양동이에 밧줄을 메어 만든 두레박으로 몇 번이고 물을 길어 올려야 했다. 그 물로 얼굴도 씻고 밥도 지어먹었다. 동네 아이들에게 우물에 대한 무서운 이야기도 전해 들었다. 이곳에 빠져 죽은 처녀귀신이 밤마다 두레박을 타고 우물 밖으로 나온다는 것이었다. 타지에서 온 나를 놀리려는 거짓말이라 여기면서도 한동안은 수면 위로 비치는 내 모습에 이따금 놀라기도 했었다.

。

우물 안을 들여다보는 일은 일곱 살 인생에 중요한 일과 중 하나였다. 계절마다 우물 안의 냄새도 모습도 달랐는데 우물에 빠지는 것들이 달라서이다. 봄에는 우물가가 향기로운 아카시아 향으로 가득했고, 장맛비가 한창 내리는 여름이면 비릿한 냄새가 나기도 했다. 계절이 깊어질수록 우물 안도 깊어지는 듯했다. 가을에는 미처 따먹지 못한 감이며 사과가 우물 안으로 떨어져 이를 건져내는 일이 만만치 않았다. 겨울에는 백설기 맛이 날 것 같은 눈송이가 내려앉아 우물을 얼렸다. 꽁꽁 언 우물을 깨고 길어 올린 물맛은 아이스크림보다 달고 맛있었다.

°

어쩌면 그때부터인 것 같다. 풍경이고 사람이고 들여다보는 것을 좋아하게 된 것은. 지금도 종종 우물 안을 들여다보듯 내 안을 깊숙이 들여다본다. 나 역시 그 시절 우물처럼 빠져 있는 것들에 따라 매번 다른 냄새 다른 모습이다. 우물 속에서 사진을 건진 것은 가장 잘한 일이다. 우물을 보며 생긴 깊은 시선으로 보이지 않던 것들을 볼 수 있었고, 그것들을 사진에 담을 수 있었다. 빛이 닿은 그곳에는 비릿한 냄새가 사라지고 겨우내 움츠렸던 푸른 이끼가 일광욕을 즐기고 있었다. 눅눅했던 나의 일상에도 고운 빛 한 줌이 내려앉았다.

인화지 위로 흐릿한 상이 서서히 떠오르듯

나도 선명해지는 순간이었다

편지

고등학교 시절

편지는 나의 일상에서 큰 비중을 차지했다

멀리 떨어져 지내는 이들의 소식이 궁금해질 때면

마루에 엎드려 종이를 펼쳤다

몇 주 전 심은 방울토마토 모종에

열매가 맺힌 이야기부터

최근 좋아하게 된 이성친구 사연까지

넘칠까 행여 모자랄까

몇 번은 곱씹은 후 헹구어 적었다

아주 오래된 농담처럼

이미 알고 있는 뻔한 이야기에도

다시금 웃고 울었다

이삿짐을 정리하는데

반쯤 찢긴 박스 틈으로

종이 하나가 삐죽 튀어나왔다

모퉁이에 새겨진 흐릿한 이름,

빛바랜 종이를 펼쳤다
우리는 유난히 맑고 푸르던
어느 해 들판에 서있다
단잠에 빠진 줄 모른 채
날이 저물도록

희미해진 기억을 붙잡고

한 줄 한 줄 여백을 채운다

흰 종이 위로 번지는

빛바랜 시간들

잃어버린 이름

"선배, 그때 김형태처럼 살고 싶다고 했는데 어떻게 살고 있어요?"

지난 주말, 십 년 전쯤 잡지사에서 함께 일했던 동료들을 만났다. 오래 묵힌 이야기를 꺼내어 보니 공통된 기억도, 몇 사람만 기억하는 일도 있었다. 잃어버린 기억들 앞에서 우린 헛헛한 웃음을 지으며 흘러간 세월을 탓했다. 구체적인 설명과 이름을 꺼내는 순간 다행히도 잊고 지냈던 기억들이 하나 둘 되살아나기 시작했다. 후배의 말에 나는 잃어버린 말을 타고 그때로 돌아갔다.

나는 김형태라는 사람을 좋아했다. 홍익대학교 회화과를 졸업한 그는 미술, 연극, 음악 등 문화예술의 다양한 영역에서 활동했다. 그 시대의 청춘들을 위로하는 책을 내기도 했는데, 온갖 역경과 고난을 이겨내고 지금의 자리에 서기까지 그의 솔직한 이야기들에 크게 공감했다.

그는 스스로를 '무규칙이종예술가'라 칭했다. 사회의 형식이나 틀에서 벗어나고자 했던 그에게 예술도 다르지 않았다. 작품의 판매량이나 인지도가 중요한 게 아니었다. 그에게 예술은 영역이나 장르를 자유로이 넘나들며 하고 싶은 이야기를 마음껏 전하는 데 있었다.

°

남들만큼 못 배웠다는 자격지심 때문인지 욕심 때문인지 나 역시 사진 외에도 글과 그림 등 하고 싶은 것들이 많았다. 어느 한 분야에서 유명해지는 것도 중요하지만 하고 싶은 것은 다 해보기로 했다. 김형태라는 사람을 롤 모델로 삼고 '무규칙이종예술가'가 되기로 결심했다.

°

하지만 시간은 그 이름을 내게서 지워버렸다. 사실 그뿐만이 아닐 것이다. 내가 잃어버린 것은. 그 이름들을 다시 찾았을 때 깨달은 사실이 있다. 한때 소중히 여겼던 것들을 잃어버리는 것보다 더 무서운 것이 있다는 것. 그것은 잃어버리고도 그것을 알지 못하는 것이었다.

김기찬, 피천득, 박완서

법정 스님, 트리나 폴러스

알퐁스 도데, 그리고

어릴 적 친구인

자경이, 문숙이까지

그들 곁에서 한동안 서성이다 끝내 잡지 못했다. 아니 어쩌면 너무 쉽게 놓아버린 건지도 모르겠다. 그리고 그것조차 숨 쉬듯 잊고 지냈다. 김형태처럼 살지는 못했다. 사진가도 무규칙이종예술가도 될 수 없었다. 최대리. 그 시절 내가 얻은 이름이었다.

별이 빛나는 밤에

"창밖의 별들도 외로워 노래 부르는 밤"

매일 밤 10시
이문세의 목소리가
내 작은 창가에도 내려앉았다

별밤은 밤을 알리는 시그널이자
고단한 하루에 건네는 작은 위로였다

사회생활을 시작하며
네온사인 불빛,
고성과 클랙슨 소리가
나의 밤을 채우기 시작했다

잦은 야근과
쉽게 끝나지 않는 회식자리
세상 속을 달리는 나의 시간 역시
멈추지 않았다

희미해져가는 밤

달리는 차를 세우고

가느다란 숨을 고른다

불을 끄고 볼륨을 올린다

침묵을 깨고 흐르는 고요한 음성

긴 잠에서 깨어난 별들이

하나 둘 고개를 들기 시작한다

달동네

그곳에서 바라보는 달은 유독 크고 환했다. 골목을 누비는 아이들과 강아지, 평상 위에서 시름을 저미는 아지매들의 서리 어린 숨이 차오를 때면 푸른 달빛도 차오르기 시작했다. 가난의 무게를 머리 위에 이고 사는 사람들이 사는 곳. 그곳 사람들은 보름달이 뜨는 날이면 마당으로 나와 소원을 빌었다.

◦

그 동네를 떠나고는 더 이상 큰 달을 볼 수 없었다. 다시는 돌아가지 않겠다고 다짐했던 곳을 몇 십 년이 지나 우연히 찾게 되었다. 동네는 재개발이 한창 진행 중이었는데 자물쇠로 채워진 몇 집을 제외하고는 뼈대만 앙상히 남아 더는 기댈 곳이 없어 보였다. 기울어진 달빛 아래로 창백한 그림자들만 어른거렸다.

◦

이맘 때였을 것이다. 보름달을 보며 가난도 이 동네도 싫다고 투정 부렸던 곳. 그 시절 빗장으로 걸어 뒀던 기억들과 흩어진 불빛들이 발밑에서 피어올랐다. 담장 너머 피어나는 구수한 된장찌개 냄새, 컴컴한 밤에 더욱 크게 들리는 귀뚜라미 울음소리, 가로등 불빛보다 크고 밝은 달빛까지. 어릴 적 그토록 벗어나고 싶었던 그곳에 지금 내가 그토록 그리는 것들이 잠들어있다.

담장 너머 피어나는 구수한 된장찌개 냄새,

컴컴한 밤에 더욱 크게 들리는 귀뚜라미

울음소리

어른들의 맛

어릴 적 어른들의 음료에 호기심을 가졌던 적이 있다. 막걸리 박카스를 비롯해 일명 다방커피라고 불렸던 믹스커피까지. 어떤 날은 그 맛이 너무 궁금한 나머지 바닥에 몇 방울 남아있던 것을 입안에 털어 넣다 걸려 혼났던 적도 있었다.

∘

고등학교를 졸업하기 전까지만 해도 커피나 술은 입에 대지 않았지만 사회생활을 시작하며 그 무엇보다 빠른 속도로 친밀해졌다.

∘

습관처럼 마시게 된 커피나 약처럼 복용하게 된 술은 어릴 적 몰래 맛보았던 것과는 달랐다. 그날의 날씨, 기분, 함께하는 사람 등 여러 상황에 따라 맛이 변했다. 유난히 달게 느껴지는 날은 물처럼 마시기도 했는데 다음날이면 어김없이 속이 쓰린다.

∘

그럴 땐 아이스 아메리카노 한 잔으로 성난 속을 달래 본다.

∘

그 맛에 길들여진 나는 과연 어른이 된 걸까. 어쩌면 그때나 지금이나 그저 어른인 척 흉내 내는 중일 지도 모른다.

흑백사진

과거에는 한 장의 사진을 남기기 위해 여러 과정을 거쳐야 했다. 필름을 구매하고 사진을 찍고 현상하는 느리고 불편한 과정들.

。

붉은빛으로 채워진 암실에 들어서면 시큼한 현상액 냄새가 코를 찔렀다. 확대기에 필름을 꽂고 인화지에 노광을 준 후 일정 시간 동안 현상액에 담가 놓으면 상이 흐릿하게 맺히기 시작한다. 이미지 전체가 또렷하게 올라오면 수세 건조 과정까지 거쳐 비로소 흑백사진이 완성된다.

。

그 길고 더딘 여정을 마치고서야 한 장의 결과물을 보고 웃거나 울었다. 촬영 후 바로 현상소에 맡겼던 컬러사진보다 흑백사진 한 장이 더 소중했던 이유다.

。

흑백사진의 또 다른 매력은 우연성에 있다. 유통기한이 지난 필름을 모르고 사용했거나 약품의 희석비율이나 노광 타이머를 잘못 설정했을 때 등등 전혀 예상치 못한 결과를 마주하게 된다. 울상이 되기도 하지만, 때론 이 우연한 실수가 멋진 작품을 만들어 내기도 한다.

°

흑백사진은 인생과도 닮았다. 늘 노력한 만큼의 대가가 따라온다
는 것, 우연한 순간으로 인해 예측하지 못한 결과를 맞닥뜨리는
것, 그리고 문명의 이기에 기대어 잃어버리는 것 또한 그러하다.

°

사진이든 인생이든 인고의 기다림 끝에는 선명한 기억이 남는다.

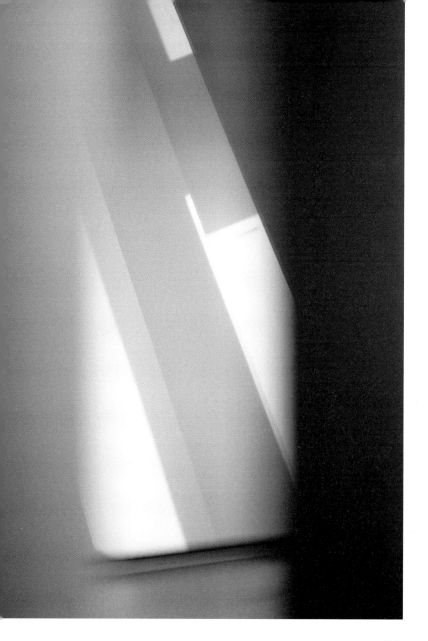

충무로

자주 가던 가게 사장님은 진열장의 카메라가 보물인 양 매일 닦고 또 닦으셨다. 그것들도 사람처럼 저마다 태어난 연도와 살아온 역사가 있었는데 사장님은 갈 때마다 사연 하나와 요구르트 한 개씩 꺼내 주었다.

○

서울이라고는 신촌, 홍대가 전부인 줄 알았다. 입시를 준비하며 충무로라는 곳을 알게 되었고 필름을 현상하기 위해 하루가 멀다 하고 드나들었다. 충무로에 가면 최신 카메라부터 골동품처럼 보이는 클래식 카메라까지 다양한 카메라들을 구경하는 재미가 있었다. 필름을 맡기고 기다리는 동안 종종 명보극장에서 영화를 보며 시간을 때우기도 했다. 당시 극장 간판에 포스터 사진 대신 그림이 붙여지곤 했는데 둘을 비교해보는 재미가 쏠쏠했다. 어떤 날은 그림 그리던 아저씨의 사진을 몰래 찍다가 들켜 줄행랑을 친 적도 있었다. 상영관에 들어서면 고소한 팝콘 냄새가 코 끝을 찔렀고 영화를 기다리는 사람들 표정엔 설렘이 가득했다. 맨 뒷좌석에 앉으면 영사기 필름 돌아가는 소리도 들을 수 있었는데 왠지 뒤를 돌아보면 영화 '시네마천국'의 알프레도가 서있을 것 같았다. 충무로에 석양이 내리기 시작하면 인천행 지하철에 올랐다.

차창에 비치는 햇살에 현상한 필름을 꺼내어 보는 순간은
기다림 끝에 맞이하는 하루 중 가장 행복한 시간이었다

이제, 현상소를 찾는 일도

그림 간판이 걸린 작은 상영관을 찾는 일도 없어졌다

박물관 같았던 카메라 가게도

문을 닫았다

모든 것이 느리고

천천히 흘러가던 곳

타임머신

무엇보다 목소리에 가격을 매기는 것이 무의미했다. 쓸쓸함과 따뜻함이 베어있는 그의 목소리를 듣고 있으면 한 시대를 떠오르게 해준다. 모든 것이 느리고 서툴렀지만 순수했던, 그리운 그 시절. 그가 살아있다면 나는 그의 콘서트를 하나도 빠지지 않고 찾았을 것이 분명하다.

오랜만에 황학동 풍물시장을 찾았다. 멀찍이 들려오는 노래가 발걸음을 붙잡았다. 그리운 목소리, 김광석이었다. 턴테이블이 돌아가기 시작하고 빛의 조각들이 춤을 추고 나서면 잠시 후 그의 음성이 나지막이 울려 퍼진다. LP 가격을 물어보니 한 장에 십만 원이란다. 이것도 제일 저렴한 것이었다. 온라인에서 쉽고 빠르게 음원을 구입할 수 있는데도 굳이 빈 지갑을 털어 LP를 구입했다.

몇십 분마다 판을 갈아야 하는 수고스러움을 감수하면서도 LP 음악을 즐겨 듣는 이유는 아날로그 음원만의 매력 때문이다. 지글거리는 먼지 소리도 이따금 같은 자리를 맴돌며 투닥거리는 바늘 소리도 음악이 된다. 그 위로 그리운 목소리가 원을 그리면 그 시절 멈춰버린 심장이 뛰기 시작하고 흐린 기억의 여백을 하나 둘 채운다.

먼지가 뿌옇게 쌓인

턴테이블 위에서

둥근 시간이 돌기 시작했다

1994년이었다

기억해줄래

어떤 이의 기억은 찌든 얼룩처럼 지우려 할수록 자꾸만 번져버린다. 어떤 이의 기억은 숨처럼 평생을 함께 드나든다. 누군가를 떠나며 남긴 나의 기억은 어떤 것들이었을까.

°

얼마 전, 한 예능 프로그램에서 한동안 볼 수 없었던 그룹이 출연해 큰 화제가 되었다. 당대 최고의 가수이자 십대의 우상이었던 젝스키스. 그들의 노래는 나의 고등학교 시절을 내내 함께 했다. 그 중에서도 '기억해줄래'라는 노래는 오래도록 기억에 남았는데, 그 시절 중요한 여러 순간에 그 노래가 있었기 때문이다.

°

학창시절 방송부였던 나는 이 곡을 마지막 방송에서 틀었다. 클래식으로만 음악을 틀게 되었던 방송부의 룰을 처음으로 깨는 순간이자, 학교에 가요가 처음 울려 퍼진 순간이었다. 학교를 떠나 사회로 뿔뿔이 흩어지게 되었을 때도 이 노래를 부르며 친구들과 펑펑 울었다. '기억해줄래'는 처음으로 누군가에게 고백받으며 들은 세레나데이기도 했다. 방송을 보다가 추억에 잠겨 이십 년 만에 그 노래를 다시 들었다. 가사를 보니 마음이 떠난 연인을 보내며 자신을 기억해달라는 내용이었다.

그러나 서로

나눠 가진 기억은 다르다

‘기억이란 사랑보다 더 슬프다’는 노랫말처럼

누군가에게는 그 기억이 그저 아플 뿐이다

기억이 더디 저물기를

바라는 이도 있을 것이다

나는 과연 헤어진 사람들의 기억 속에서

아름답게 살 수 있을까

내가 남긴 기억의 조각들이 누군가에게

상처가 되지를 않기를 바랄 뿐

진실한 문장

"네가 할 일은 오직 진실한 문장을 딱 한 줄만 쓰는 거야.
네가 알고 있는 가장 진실한 한 문장을 써 봐."

　◦

누군가에게 보이는 글을 쓰기 시작하면서 글 쓰는 일이 힘들고 어려워졌다. 정해진 틀 안에서 텍스트를 배열하며 좋은 문장을 만들어야 한다는 강박이 생겼고, 글이 예쁘게 포장될수록 내 생각은 비워져 갔다.

　◦

어릴 적에는 글 쓰는 시간이 마냥 좋았다. 종이든 화장지든 모래밭이든 빈 공간만 있으면 연필, 볼펜, 나무젓가락 등으로 속에 있던 것들을 하나 둘 꺼내 적었다. 남몰래 좋아하던 친구의 이름을 적었다 지우며 누구에게도 차마 꺼낼 수 없던 이야기를 할 수도 있었다.

　◦

'임금님 귀는 당나귀 귀'를 외쳤던 대나무숲처럼 그곳은 나에겐 바람이 흐르는 공간이었다. 그곳에서 나는 거침없었고 솔직해질 수 있었다. 가끔씩 그때 적은 글들을 보며 울컥할 때가 있다. 중학교 입학식에 헌 교복을 물려 입고 갔던 일이나 복날 키우던 강

아지를 잃어버리고 펑펑 울었던 일 등 화려한 수식어나 비유는
없지만, 날 것 같이 튀어 오르는 이야기들에 가슴을 치기도 한다.

아버지, 가난, 잃어버린 꿈
깊숙이 묻어뒀던 말들을 건저 손 위에 올려놓았다

죽은 듯 늘어져 있던 말들이 살아나

달리기 시작했다

情

———

가끔은, 온기

온기

촬영을 마치고 돌아가려는데
멀리서 한 분이 허겁지겁 달려오시더니
무언가를 손에 쥐어주셨다

밥은 먹었냐며
주먹밥을 내게 건넸다

차가웠던 손 안이 꽉 차면서
가슴 속에도 묵직한 온기가 퍼졌다

아름다움에 대하여

난 아름다운 것들을 볼 때마다 눈물을 흘린다. 사그라다 파밀리아 성당에 갔을 때도 미켈란젤로의 피에타상을 보았을 때도 김기찬 작가의 골목 안 풍경을 만났을 때도 마찬가지였다. 그리고 어느 해 겨울 첫눈을 실은 창간호를 품에 안았을 때도. 2013년 겨울, 잡지 창간을 준비하며 며칠 밤을 새웠다. 기획부터 취재 촬영까지 하루 24시간이 모자랐다. 눈꺼풀도 몸도 천근만근이었다. 창간 잡지를 만드는 것은 아이를 낳아본 적이 없지만 아이를 낳는 기분과 같을 것 같았다. 이런 기대와 설렘은 지독한 감기와 축적되는 피로도 외면하게 했다.

○

창간호 포토에세이에 첫눈을 싣기로 정하고 매일 같이 일기예보를 살폈다. 기다리던 눈 소식을 접하고 새벽 일찍 덕유산으로 향했다.

○

앙상한 나무들 사이로 흰 눈으로 뒤덮인 소나무 한 그루가 우뚝 서 있었다. 나무는 말했다. 혹한에도 흔들리지 않겠노라고. 봄꽃보다 아름다운 눈꽃을 피우겠다고. '아름답다'라는 말 외엔 떠오르는 말이 없었다. 소설가 박상륭 선생의 표기를 따르면 '아름다움'이란 '앓음다움'에서 비롯됐다고 한다.

즉, '앓은 사람답다'라는 뜻으로 고통을 앓거나 아픔을 겪은 사람, 번민하고 갈등하고 아파한 사람다운 흔적이 느껴지는 것이라 했다. 그것이 앓음다운 사람 아름다운 사람이다. 비단 사람에게만 해당하는 말은 아닐 것이다. 아름다운 것을 찾기 위해 굳이 먼 길을 나서지 않아도 된다는 것을 그 무렵 즈음 알게 되었다.

안부

홀쩍대는 걸 보니 겨울이 금세 오려나보다. 올해도 단풍이 붉은 옷 갈아입는 걸 보지 못했다. 계절도 세월처럼 기다려주는 법이 없다. 변변한 인사도 못 전했는데 속절없이 지나갔다. 올 초만 하더라도 사십춘기 운운하며 유난을 떨었는데 다행히 별일 없이 지나가고 있다. 사실 무난히 보낸 시간들이 마냥 좋지만은 않다. 반복되는 일상이 때론 지루했고 무료했다.

。

지난밤에는 고등학교 후배에게 전화가 왔는데 받지를 못했다. 아침이 돼서야 부랴부랴 연락을 하려고 하는데 아주 오랜만의 연락이라 그런지 혹시 하는 마음이 서렸다. 결혼 소식이었음 했다. 부디 좋지 않은 소식은 아니길 바라며 전화를 걸었다.

。

"저는 별일 없이 잘 지내고 있어요. 언니도 잘 지내는 거 확인했으니 다행이에요" 안부를 묻는 단순한 내용이었다. 간만의 연락에 무턱대고 설레고 기뻐할 수 없었던 게 문득 미안해졌다. 굳이 먼저 연락하지 않아도 소식을 물어오고 건네는 이가 있다는 것이 그저 감사할 따름이었다. 시시껄렁한 몇 마디 농담과 조만간 보자는 약속을 하고서 통화를 마쳤다.

°

별 일 없이 지낸다는 것 무탈하다는 것 그것이 나에게 그리고 누군가에게 희소식이 되어준다는 것. 저물어가는 계절이 두고 가는 메시지 같았다. 내년 이 맘 즈음 가을을 다시 만난다면 별 일 없이 잘 지냈다고 이렇게 전해야겠다.

°

'다시 만나 다행이야.'

상처와 흉터

대학시절,

'상처와 흉터'라는 주제로

작업을 했던 적이 있다

세상의 모든 고뇌와 번민은

내 것인 줄만 알았던 그때

늦깎이 대학생이던 나는

갓 스물을 넘긴 동기들에게

과연 무슨 상처가 있을까 생각했다

각자 작업한 사진들을 발표하는 시간이 됐다

여느 수업 때보다 무거운 분위기 속에서

자신의 상처와 흉터들을 조심스레 드러냈다

차분한 음성으로 건네는 이야기에

숨소리조차 삼켰다

몇 몇 사진과 이야기 앞에선

울음을 터뜨리는 친구들도 있었다

나 역시도 어머니에 대한 이야기를 늘어놓으며

눈물을 쏟았던 기억이 어렴풋하다

어떤 상처는 흔적도 없이 사라지지만

어떤 상처는 평생 남아 흉터가 된다

예술가는 자신의 사상이나 삶을
작품으로 승화시키는 사람이다

혹은, 굴곡진 삶 그 자체가
예술이 되는 사람도 있다

동기들 모두가

예술가가 되지는 못했다

하지만 그 순간만큼은 어느 때보다 진실했고

자신의 상처와 고통 앞에 당당히 맞섰다

자신의 아픈 기억을 타인 앞에 꺼내어 놓는 것
세월이 지난 지금도 그리 쉬운 일은 아니다

깊은 상처는 몇 번을 곱씹어 삼킨 후 뱉으면

잘 아문 흉터가 된다

뒷모습

나는 종종 사람들의 뒷모습을 찍는다. 몇 해 전, 도시 외곽 공원에서 어느 노부부의 뒷모습을 한참이나 바라보다 사진에 담은 적이 있다. 살짝 어깨를 포갠 채 잔잔한 호수를 바라보던 이들의 모습은 서로가 서로에게 동화된 듯 닮아 있었다. 앞모습을 보지 않았지만 마치 그들의 얼굴을 마주한 것처럼 미소가 지어졌다.

∘

문득 나의 뒷모습은 어떨지 궁금해졌다.

∘

근처에 있던 모르는 이에게 뒷모습을 찍어달라고 했다. 껑충한 키에 조금은 마른 체형, 검은 옷을 입고 한쪽 어깨에 카메라를 짊어진. 늘 쫓기듯 빠른 걸음으로 혼자 걷는 게 익숙했던 나의 뒷모습은 어디인지 모르게 쓸쓸하고 초라해 보였다. 겉으로는 잘 포장했다고 생각했지만 보이지 않아 무심했던 것들, 애써 외면했던 것들이 사진에 알알이 서려 있었다.

∘

미셸 투르니에는 "남자든 여자든 사람은 자신의 얼굴로 표정을 짓고 손짓을 하고 몸짓과 발걸음으로 자신을 표현한다. 그렇다면 그 이면은? 등은 거짓말을 할 줄 모른다"라고 했다.

뒷모습을 가꾸는 일은 앞모습보다 어렵다. 시간도 꽤 걸린다. 아무리 노력해도 영영 원하는 모습이 아닐 수도 있다. 그래도 가끔은 꽃잎이 그려진 옷도 입어야겠고, 느리게 걷는 것도 연습해야겠다. 함께 걷는 일도 두려워 말아야지. 좋은 사람들과 마주하는 시간도 늘려야겠다. 누군가의 눈에 담길 나의 뒷표정도 따뜻했으면 좋겠다.

포장마차

새벽 3시

거리는 마르고 한산하다

인적 없는 공영주차장 구석으로

소박한 불빛이 흐른다

라면에 소주 한 병 금세 들이킨

마지막 손님까지 보낸 이모는

뒷정리를 시작한다

포장마차를 운영한 지도 30년,

뜨내기손님부터 단골까지

소주 한 잔 시켜 놓고

주저리주저리 이야기를 늘어놓는다

"걔 있잖아, 옆집 살던 동식이

동식이가 다음 달에 결혼한데"

하나 둘 사라져 간 노점들 사이에서

홀로 남은 포장마차

허덕이는 청춘들과 가장들에게
고향이자 엄마의 품과 같은 곳

엄마는 없지만 이모라 부르며

사라져가는 이곳을 찾는 이유다

화평동

매해 여름이 되면 화평동을 찾는다
냉면집이 즐비하게 들어선 이곳은
세숫대야 냉면거리로 유명하다

얼굴이 푹 담기고도 남을 정도의 그릇에
똬리 튼 면이 살얼음 속에 풍덩 담가져 있다

그릇만 큰 게 아니다
저렴한 가격에 사리는 무한리필
푸짐한 양에 배도 부르고
착한 가격에 마음도 부르다
인심을 담기에 음식만 한 것도 없다

마음이 허한 날에는 화평동에 간다
냉면 가락 같은 머리를 틀어 올린
할머니는 20년 동안 제자리에서 면을 삶는다

허기진 사람들을 달래는 곳

첫눈이 내리면

후암동 어느 초등학교 앞에 40년 된 작은 문방구가 있다. 지금은 할머니가 혼자 운영 중인데, 몇 해 전 겨울 할아버지가 심장마비로 돌아가시기 전까지 부부가 함께 운영했다고 한다. 곳곳에 스민 할아버지의 흔적을 마주할 때면 할머니는 하루에도 몇 번씩 눈시울을 붉히신다. 눈물을 훔치는 할머니의 손가락에는 봉숭아물이 들어있었다.

。

봉숭아물은 마르고 거친 손을 예쁘게 보일 수 있는 천연의 미용 재료였다. 첫눈이 내릴 때까지 봉숭아물이 남아있으면 소원이 이뤄진다는 속설 때문에 여름이면 너 나 할 것 없이 봉숭아 꽃잎을 따러 다녔다. 사랑의 열병에 빠진 사람들의 손은 모두 붉었다. 나도 첫사랑이란 걸 하던 해에는 첫눈이 내릴 때까지 새끼손가락 끄트머리에 남은 봉숭아물을 잘라내지 못한 채 계속 기르기도 했다. 올해는 첫눈이 빨리 내렸으면 좋겠다는 바람처럼 얼마 지나지 않아 눈이 내렸다. 진눈깨비처럼 날리던 눈발은 어느새 함박눈으로 바뀌어 마을 곳곳에 쌓이기 시작했다. 사라지는 첫눈을 보며 소원을 빌었다. 할머니의 텅 빈 손 끝에 오랫동안 흰 눈이 머물기를⋯⋯

그렇게 발길 없는

눈밭 위로

밤새 흰

마음들이 쌓여갔다

영정사진

몇 해 전부터
영정사진 촬영 봉사를 다니기 시작했다
요즘은 오래 사시라는 뜻으로
'장수사진'이라고도 부른다

대학교 2학년 때
갑작스레 아버지가 돌아가셨다
영정으로 쓸 변변한 사진 하나 없었다
결국 집에서 대충 찍어드렸던 증명사진이
가시는 길 마지막 사진이 되었다

장례를 마친 후 집에 돌아와
방을 정리하기 시작했다
아버지의 낡은 책상 위에는
담배꽁초가 수북이 쌓인 재떨이와
어릴 적 오빠와 내 사진이 있었다
영정 앞에 담배 한 개비 올려드린 후
아버지 사진 한 장을 지갑 한쪽에 넣어두었다

그때나 지금이나
제일 잘하는 일은 사진이다

어제도 영정사진
촬영 봉사를 다녀왔다

내가 찍은 사진이 누군가의 지갑 속에

간직될 수 있기를 바라며

단발머리

어릴 적 나는 줄곧 단발머리였다. 양 갈래로 곱게 땋은 머리나 액세서리를 한 친구들이 부럽기도 했지만 머리카락이 어깨에 닿을 무렵이면 곧장 미용실로 향했다. 미용실 원장님은 내게 단발머리가 잘 어울린다 했다. 돌이켜보면 원장님은 엄마의 부재를 알고 계셨을지도 모른다.

°

무엇인가를 잃어버릴 때마다 머리를 자르는 습관은 그때부터 생긴 것 같다. 아버지도, 그토록 사랑했던 연인들도, 누군가를 보낼 때마다 나는 머리를 잘랐다. 그때나 지금이나 머리를 자르는 날이면 어김없이 비가 내린다. 가벼워진 어깨를 토닥토닥 위로하듯.

°

단숨에 잘려 나가는 머리카락을 보며 끊어진 인연들을 생각해본다. 다시는 기르지 않을 것처럼 잘라버려도 이내 자라 어깨를 덮는 것처럼 누군가를 만나지 않겠다는 다짐도 금세 자라 마음을 덮는다. 무언가를 잃어버린 날처럼 계속 자라나 어찌할 수 없는 것들이 많아지는 날.

°

그런 날 단발머리가 잘 어울린다고 말해줄 누군가가 필요하다.

가장 따뜻한 한끼

"당신이 먹어본 가장 따뜻한 한 끼는 무엇인가요"

∘

어릴 적 온 가족이 함께 먹은 밥이라든지 처음 호텔 레스토랑에서 먹었던 스테이크나 비싼 랍스터도 뇌리를 스치고 지나갔지만 가장 선명하게 떠오른 기억은 스물여섯 생일에 먹은 미역국이었다.

∘

살아가는 것이 버겁기만 하던 여름날, 친구들은 집에만 있던 나를 꺼내 낯선 섬으로 데려갔다. 숙취로 고생하던 아침, 고소한 참기름 냄새에 눈을 떴다. 친구들이 방 한구석에서 내 생일상을 준비 중이었다. 주전자에 맹물을 넣고 마른 미역을 풀은 뒤 마법이 일어나길 기대하고 있었다. 주전자 주둥이로 흘러나오는 미역을 보며 서로 한참을 웃었다. 그토록 맛없는 미역국은 처음이었다. 그런데도 먹으면서 눈물이 났다.

∘

요즘 생일에는 친구 지인들이 커피, 케이크, 상품권 등 기프트콘을 보내온다. 유효기간이 만료되거나 근처 교환처가 없어 사용하지 못한 교환권은 수수료가 차감된 현금으로 돌려받는다. 미안하게도 고마운 마음은 한 철뿐이다.

113

둥근 밥상

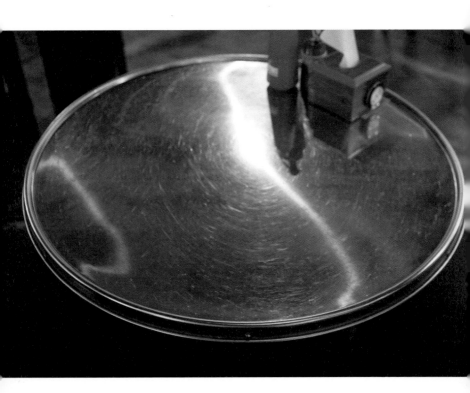

유독 술을 많이 마시게 되는 곳이 있다
술값이 싸거나 안주가 맛있거나

주인장이 친절하거나
여러 이유가 있겠지만
내가 찾는 이유는 따로 있다

바로 '둥근 밥상'
각이 진 테이블에서의 거리보다
둥근 밥상에서의 거리는
가까우며 일정하다

모서리가 없으니 얼굴을 마주하기도
술잔을 부딪치기도 편하다
또한 상석이 없다

그런 날의 대화에는 날이 없다
저마다 박혀있는 날선 말 한마디 마음에 삭이며

이모가 말아준 국수
한 그릇에 얼굴을 묻는다

퉁퉁 불은 면발과

풀어지는 속들

悲

———

삼킬 수 없었지만

능내역

남양주 능내역은
2008년 폐역이 됐다

기차가 멈춰 선 간이역에는
허물을 벗어낸 의자와
미처 안녕을 고하지 못한 사람들이
기다리고 있다

간지러운 바람이 잿빛 공기를 밀어내자
그늘진 창 안으로 햇살이 움트기 시작한다
바랜 사진 한 장을 바라본다
박제된 시간 속에서
한 여인이 옅은 미소를 짓고 있다

누군가의 딸
누군가의 아내
누군가의 어머니
누군가의 그리움

나의 사진 역시 누군가의 가슴속에서

그리움으로 남아있기를

길 잃은 꽃씨만이 머무는 곳

봄을 만난 그 길에

잠시 신을

벗어 두었다

술과 약

소주와 맥주를 섞어 마시는 날이 있다. 섣불리 내뱉은 말들로 오래 쌓은 관계에 금이 가는 날이거나 사소한 실수로 공들여 쌓은 프로젝트가 엎어질 때, 무언가 말아먹은 느낌이 드는 그런 날에는 소맥만 한 게 없다. 적당한 청량감을 단번에 들이키고 나면 답답했던 속이 뻥 뚫리는 느낌이다.

。

어릴 때 어른들이 마시는 술은 죄다 '약주'라 했다. 몸에 좋은 온갖 한약재가 들어갔나 보다 했는데 어른이 되고 마셔본 술들은 알코올 향만 가득했다. 하지만 마시면 온종일 나빴던 기분이 좋아지고 불면증도 단숨에 사라지게 하는 걸 보니 '약주'가 맞았던 걸까. 약주라며 열심히 마셔놓고는 다음 날에는 숙취해소제와 자양강장제까지 챙겨 먹는다. '술 좋아하는 사람들은 사람 좋다'는 말이 있다. 술 좋아하는 사람들이 지어낸 말 같기도 하지만 생전 술 좋아하던 아버지를 보면 틀린 말도 아닌 것 같다. 한때는 외로워 술을 찾았고 그로 인해 더 외로워진 적도 있다. 술자리에서 만난 사람과는 술 때문에 헤어지기도 했다. 하지만 좋은 사람들과의 술자리는 늘 즐겁다. 빈 잔에 비루한 세상사 가득 담아 고단했던 하루와 함께 넘기며 내일을 다짐한다.

쓴 약이 좋다고 하는데

헛헛한 마음을 덜어내기에 그만한 약이 없다

찬바람이 불어오니 술자리 약속이 부쩍 늘었다
세상 한파를 이겨내는 데 아직 이만한 게 없나 보다

그들이 사는 세상

찬바람 불어오는 계절이면 봉사 단체 전화기가 숨 돌릴 틈 없다. 1년 중 딱 그 계절만 굶주리고 외로운 건 아닌데 유독 그 시기가 되면 가슴에 자그마한 불씨가 지펴지는 것 같다. 카메라 앞에서 그들이 마주하는 것은 해맑은 아이들의 미소, 굽은 허리 더 휘어지도록 고마워하는 어르신들 모습이다. 1년에 한 번 참석하는 연례행사에서 오히려 그들이 더 많은 것을 얻어 가는지도 모른다. 선행했다는 자부심, 잘 살고 있다는 안도감. 그리고는 다시 그들만의 세상으로 회귀한다.

°

몇 해 전 겨울, 독거노인들을 대상으로 하는 무료급식소를 찾았다. 같은 날 나와 함께 간 지인들을 제외하고도 다른 모임 단체 및 회사 등 많은 사람이 이곳을 찾았다. 하루 한 번 점심을 제공하는 이곳에는 영하의 날씨에도 불구하고 배식이 시작되기 한 시간 전부터 길게 줄이 서있었다.

°

작은 체구의 할머니 한 분이 식판에 밥을 고봉으로 쌓아가는 게 눈에 띄었다. 추운 속을 밥으로 달래시려나 했다. 근데 금세 다 드시고는 다시 오셔서 밥만 한가득 퍼가셨다. 이후 할머니를 유심히 보게 되었는데, 밥을 드시는 둥 마는 둥 하다가 품에서 비닐 봉지 하나를 꺼내 밥을 담기 시작했다. 김이 서린 봉지를 품에 안고서는 황급히 급식소를 떠나셨다. '아, 욕심도 많으셔라. 저러면 다른 분은 못 드실 텐데' 싶었다.

°

배식이 끝나고 모임 단체 및 회사에서 온 사람들은 챙겨온 현수막을 배경으로 사진과 동영상을 찍느냐 분주했다. 식사를 나누며 급식소 관계자분께 할머니 이야기를 드렸더니 드시기 위해 가져간 것이 아닐 거라고 했다. 연탄불 지필 사정이 안 되는 어르신들이 뜨거운 밥을 품에 안고 추위를 버티신다고 했다. 일종의 방한도구였다. 미처 상상치 못한 이야기였다. 밥을 먹다가 가시가 목에 걸린 듯했다. 잠시나마 할머니를 욕심쟁이로 오해했던 탓이다.

°

누구나 마음속으로 한 번쯤 해봤을 생각. 그 생각을 실천으로 옮기는 사람은 많지 않다. 대부분 '지금 나 사는 것도 버거운데, 형편 좀 나아지면'이라고 말한다. 나는 그들과 다르다고 생각했다. 하지만 할머니를 오해한 그 순간만큼은 다를 바 없었다. 나 역시 제대로 이해하지 못하면서 그저 아는 척했을 뿐이었다.

〈철가방 우수씨〉라는 영화를 본 적이 있다. 중국집 배달원이었던 故 김우수 씨의 생전을 그린 이야기다. 고시원에 살던 그는 매월 70만 원의 급여를 불우한 이웃을 위해 썼다. 사람들은 그를 '낮은 자리에서 더 낮은 곳의 사람을 돌보는 사람'이라고 했다.

해가 바뀔 때마다 천정부지로 올라가는 것들은 많은데

올해도 쪽방촌의 겨울은 그대로다

지금, 당신의 온도는 몇 도씨입니까?

노잣돈

지난밤
아버지가 흰 여름 정장을 입고
현관 앞을 서성이셨다

외출하시는 줄 알고 인사를 드리려는데
문고리만 닳도록 매만지셨다

얼른 오빠를 깨웠다
오빠는 지갑에서 만 원짜리 몇 장을 꺼내
아버지 손에 쥐어드렸다

대문을 열자
문밖에는 흰 눈이 소복이 쌓여있었다
아버지는 그제야 길을 떠나셨다

꽃비가 내리는 주말
납골당을 찾았다

생전 좋아하시던 담배 한 개비와

소주 한 잔 올려드렸다

아픈 손가락

아버지는 1남 5녀 중 장남이었고, 오빠 역시 1남 1녀 중 장남이었다. 그런 우리 집에는 남아선호사상이 깊게 뿌리내리고 있었는데, 그 선봉에는 할머니가 계셨다. 할머니는 호랑이 같았다. 웃는 얼굴이 기억 안 날 정도로 무표정했고 엄격하셨다. 고기반찬은 오빠 수저 위에 올려졌고, 명절에도 오빠만 새 옷을 입었다. 용돈은 물론이고 먹는 것부터 입는 것까지 모든 것에 차별이 있어도 난 불평 한마디 하지 못했다.

°

여덟 살 겨울방학 때였다. 이른 아침 여느 때처럼 할머니는 누워 텔레비전을 보고 계셨고 나는 등 뒤에 앉아 할머니 팔을 주무르고 있었다. 순간 잠이 드신 줄 알았던 할머니가 파르르 떨며 내 손을 꼭 쥐셨다. 검붉은 입술은 파랗게 변하기 시작했고 얼굴은 점점 창백해졌다. 몇 분이 지나지 않아 할머니의 몸은 얼음장처럼 차갑게 굳어버렸고 꺼져가는 숨결로 겨우 뱉어 낸 마지막 말은 내 이름이었다.

°

죽음을 목도하기엔 너무 이른 나이였다. 나중에 가족들이 말하길 반나절 동안 넋이 나가 있었다고 한다. 얼마 후 할머니가 꿈에 나오셨는데, 노란 원피스를 사 오셨다. 내게만 주는 선물이라며 환하게 웃으셨다. 난생 처음으로 할머니에게 안겨 펑펑 울었다.

°

나중에 들은 사실인데, 할머니는 아버지 대학 등록금을 마련해 주지 못한 것이 평생 한으로 남으셨다고 했다. 시집가서 잘 사는 고모들과 달리 위태로운 아버지를 보며 안쓰럽고 미안한 마음을 오빠에게 쏟으신 것 같다. 깨물어서 안 아픈 손가락이 어디 있으랴. 가시던 길 돌아와 나를 만나고 가신 걸 보니 나도 아픈 손가락이었다.

아버지와 단팥빵

"다른 것은 됐고 단팥빵이나 사 오렴"

　　　○

어릴 적 아버지는 월급날이면 골목 귀퉁이 빵집에 들러 검은 봉지 가득 빵을 담아오셨다. 검은 봉지가 흔들릴 때면 아버지의 그림자도 따라 휘청거렸다.

　　　○

받아 든 봉지 안은 온통 단팥빵뿐이었다. 가끔 슈크림빵 하나라도 발견하면 오빠와 서로 먹겠다며 실랑이를 벌였다. 유독 그 빵만 자주 사 오던 아버지 때문인지 먹을 것이라면 딱히 가리지 않던 그 시절에도 단팥빵만은 싫었다. 그 후로도 단팥빵은 쳐다보지도 않았다. 대학에 들어간 후 빵집 앞을 지나는데 가판대에서 떨이 상품 판매 중이었다. 수북이 쌓인 단팥빵을 보니 아버지가 떠올랐다. 소시지빵 하나를 먹고 싶어 했던 내게 단팥빵 다섯 개를 사주던 아버지를 무심하다 여겼지만, 하나라도 더 배부르게 먹이고 싶었던 것일지도 모른다는 생각이 들었다.

　　　○

아버지에게 전화를 걸어 드시고 싶은 것을 물었더니 이가 성치 못해 며칠째 잘 먹지도 못했다며 단팥빵이 먹고 싶다고 하셨다.

다음에 갈 때 사 가겠다고 하고 전화를 끊었다

결국 그 약속은 지키지 못했다

나는 지금도 단팥빵을

먹지 않는다

검은 색

어릴 적 내가 주로 입었던 옷들 대부분은 검은색이었다. 얼룩이나 때 같은 것이 묻어도 잘 티가 나지 않고 오래 입을 수 있었기에 아버지는 검은 옷을 자주 사주셨다. 학기 초마다 실시한 가정환경조사에서 각각 해당하는 항목에 직접 손을 들게 했는데, 그때마다 내게 집중되는 것이 견디기 힘들었다. 지금 생각해 보면 잔인한 조사 방식이었다.

○

가슴에 큼지막한 멍이 드는 것 같았다. 그러한 탓에 소심한 성격이 만들어졌는데 좋은 일로든 나쁜 일로든 어디서든 튀고 싶지 않았다. 그래서 사람들 사이에 섞일 때면 늘 검은 옷으로 나를 숨겼다. 한 번은 친구가 "너는 왜 검은 옷만 입어?"라고 물어봤는데 그 이유를 선뜻 대답하지 못했다.

○

커서도 검은 옷을 주로 입었다. 어릴 적 성향의 문제도 있었지만 직업적인 영향도 있었다. 사진 일을 시작하며 행사나 무대 위에서 촬영하는 일이 종종 있었는데, 사람들 앞에 나를 드러내는 것이 불편했다. 돈벌이를 위해 원치 않는 사진을 찍을 때 역시 숨고 싶었다.

。

아버지가 돌아가시던 날도 난 머리끝부터 발끝까지 검었다. 장례 기간 동안 한 방울의 눈물도 흘리지 않는 나를 보고 가족 중 누군가 독하다 했다. 발인까지 마치고 집으로 돌아오니 한낮이었다.

작은 창으로 비치는 햇살을 피해
긴 그림자 위에 누웠다

검은 눈동자에 가둬 놨던 것들이

한꺼번에 터지기 시작했다

그때 알았다

검은색은

슬픔을

숨겨주는 색이라는 것을

목마

어린 시절 아버지는 종종 동네 앞 리어카에서 말을 태워주셨다. 목마의 뒷덜미를 붙잡고 주황색 천막으로 가려진 하늘 위를 힘껏 날아올랐다. 집에 가지 않겠다고 떼를 쓰면 아버지의 가녀린 목이 말로 변했다. 난 세상에서 가장 큰 기수가 되어 집으로 돌아왔다.

°

목마가 더 이상 내 무게를 견딜 수 없게 됐을 즈음 아버지와 나 사이도 고장 난 목마의 스프링처럼 삐거덕거리기 시작했다. 가부장적이던 아버지는 나에 대해 유독 통제와 감시가 심했는데, 이성에게 오는 편지나 전화는 모두 차단했고, 통금시간까지 정해 지키도록 했다.

°

이따금 내가 학교를 간 사이 책상 서랍이나 옷장을 뒤져본 흔적도 있었는데, 그런 날이면 창문 없는 내 작은방은 쾌쾌한 담배 냄새로 물들어 있었다. 잦은 다툼으로 쌓아 올린 침묵의 벽을 넘지 못한 채 난 스무 살이 되었고, 영영 돌아오지 않을 것처럼 집을 떠났다.

°

아버지는 내 뒷모습을 바라보며 어둠 아래 우두커니 서있었다.

석양빛으로 물든 공원 모두가 떠난 빈자리에서 홀로 달리는 목마를 보며 생각했다. 수만 번을 달려도 목마는 왜 그 자리를 벗어나지 않는 걸까. 마치 누군가를 기다리는 냥. 나는 언제쯤 제자리로 돌아올 수 있을까. 목마는 그때까지 나를 기다려줄까. 한참이 지나고 돌아왔을 때 목마는 더 이상 달릴 수 없었다. 걸을 수조차 없게 된 그의 뒷덜미를 붙잡고 난, 하염없이 울었다.

공든 탑

대학 졸업을 앞두고 진로에 대해 한참 고민하던 시기 강화도 전 등사를 찾았다. 산사를 한 바퀴 돌고 난 후 주변에 쌓여진 석탑 앞에 섰다. 근처 돌멩이 하나를 주워 가장 큰 탑 꼭대기에 올려놓 으려 하자 탑이 중심을 잃고 무너지고 말았다. 순간 좌절감과 죄 책감이 동시에 밀려들었다. 여러 이들의 소망과 함께 대학원 진 학의 꿈도 유학의 꿈도 동시에 무너졌다.

°

꼭대기에서 다시 바닥으로 내려온 기분이었다. 그래도 포기할 순 없었다. 다시 탑을 쌓기 시작했지만 사소한 바람에도 쉽게 무너지 곤 했다. 예술이 무엇인지도 모르면서 예술이 하고 싶다는 막연한 생각이 들거나 회사 생활을 하며 사진 업무의 특성상 직급의 한계 를 느낄 때마다 힘겹게 쌓아 올린 것들을 뒤로하고 떠났다.

°

몇 해 지나 누군가 물었다. "당신이 살면서 가장 공들인 일은 무 엇입니까?" 질문에 선뜻 답하지 못했다. 많은 탑을 쌓고자 했지 만 중간에 무너지거나 남 보여주기에는 부족하거나 떳떳하지 못 한 것이 수두룩할 뿐이었다. 하지만 더는 무너지는 것이 두렵지 않게 되었다.

○

가장 높은 탑은 아직 쌓지 못했지만 주위로 작은 탑들이 하나 둘 쌓여가고 있다. 오랜 시간 촘촘히 쌓아 올린 것들은 쉬이 무너지지 않는다. 밀도가 높을수록 층 간의 균열이 적기 때문이다. 공든 탑은 꼭 큰 탑일 필요가 없다.

바둑이

어느 겨울, 아버지 친구가 새끼 강아지 한 마리를 안고 왔다. 생후 한 달 된 똥개였다. 아저씨는 선물이라며 내게 안겨주었고 강아지가 별로 마음에 들지 않았던 나는 이름도 대강 지어 불렀다.

◦

'바둑이'

◦

그렇게 바둑이는 우리집 가족이 되었다.

◦

아버지는 마당 한 쪽에 녀석의 집을 지어주었지만 바둑이는 제집을 놔두고 마루, 작은방, 큰방 여기저기를 활보하며 흔적 남기기에 바빴다. 녀석의 대소변을 처리하는 것은 오롯이 내 몫이었다. 꽃무늬 벽지만 보면 물어뜯기 일쑤이고 쓰레기통을 뒤집어 쓰는 등 틈만 나면 사고를 쳤지만 녀석이 밉지만은 않았다.

◦

텅 빈 집에서 줄곧 혼자 시간을 보내던 나는 바둑이가 온 이후부터는 외롭지 않았다. 학교에서 돌아오면 바둑이는 짧고 뭉툭한 꼬리가 눈에 보이지 않을 정도로 흔들며 내게 안겼다. 누군가 나를 이토록 반겨주는 것이 처음이었다.

어느 여름, 여느 때와 다름없이 녀석의 이름을 부르며 대문을 열었다. 그런데 마당에는 녀석의 목걸이만 덩그러니 놓여있었다. 뭔지 모를 불안이 엄습해왔다.

동네 곳곳 온종일 찾아 헤매다 저녁이 되어서야 녀석의 행방을 알게 되었다. 바둑이 대신 내게 돌아온 것은 미안하다는 어른들의 말뿐이었다.

매미도 나도 목 놓아

울던 여름이었다

삼킬 수 없는 것들

어릴 적 아버지는
나를 종종 술자리에 데려가곤 하셨다
유독 따라나서기 싫었던 곳이 있었는데
포구 앞 포장마차였다

물컹한 회는 도저히 삼킬 수 없었고
온몸을 휘감는 비릿한 냄새에 미간을 찌푸렸다
굶주린 고양이들은 주위를 배회했고
혹여 눈이라도 마주칠 때면 난
의자 밑으로 숨어들기 바빴다

사회생활을 시작하며
먹지 않던 회도 술도 먹기 시작했다
넘길 수도 뱉을 수도 없는 말들은
목구멍에 가시처럼 박혀 있었다

포장마차에서 술잔을 기울이던 아버지는
어디로부터 도망쳤던 것일까

풀썩 내려앉은 어깨를
나는 보지 못했다

가슴속에서 울리는 비릿함이 그리워지는 날
오랜만에 포구 앞 포장마차를 찾았다

물컹한 회 한 점을 입안으로 밀어 넣었다
오래도록 씹어도 삼킬 수 없는

169

동치미

아버지는 동치미를 좋아하셨다

술을 드신 다음날
동치미 한 사발 들이켜시고는
시원하다 하셨다

겨울이 되니 뜨끈한 국물에
소주 한 잔 들이켜는 것

이만한 게 없다
혹독한 한파를 이겨내는
나름의 방식이 되었다

한잔 두 잔 끝장으로 이어진 술자리에

늘 그렇듯 이튿날 아침이면
쓰린 속을 부여잡으며 지난밤을 후회한다

냉장고 문을 열고
며칠 전 담가 둔 동치미를 꺼내
한 사발 들이켠다

술을 그렇게 좋아하시던 아버지를
피하던 겨울밤
살얼음의 짜릿함 때문인지
눈가가 촉촉해진다

한 겨울 추위만큼
세상의 차가움을 알게 된 지금
동치미의 맛도 아버지의 삶도
아릿하게 다가온다

올해 아버지 기일에는
동치미 한 사발도 함께 올려야겠다

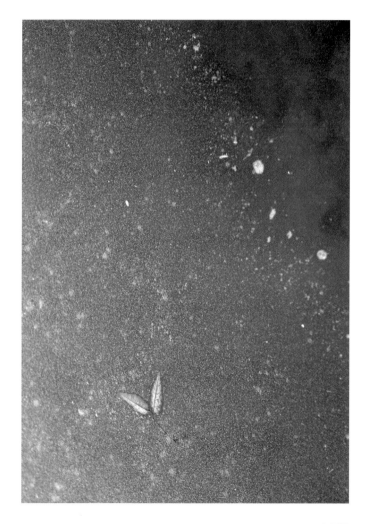

嬉

———

아
직
은 낭
만

낭만에 대하여

나를 알아볼 사람이 전무한 곳이나 경치 좋은 곳으로 여행을 가면 가끔씩 낮술을 마시곤 한다. 밤에 마시는 술보다 쉽게 얼굴이 붉어지고 더 빨리 취하는데도 굳이 낮술을 마시는 이유는 달기 때문이다. 이 단맛은 소심한 탈선이거나 약간의 객기일 수도 있겠다.

◦

낮술을 마시기 시작한 것은 대학에 다닐 때부터다.

◦

내가 다니던 대학교 본관 뒤쪽으로는 산으로 연결되는 길이 하나 있었다. 봄 가을 날씨가 좋은 날이면 산을 찾는 등산객들로 본관 뒤편은 사람으로 차량으로 늘 북적거렸다. 공강 때나 갑작스레 찾아온 휴강 때면 동기들과 모락산 입구로 부리나케 달려갔다. 날씨는 상관없었다. 아니 오히려 비가 오거나 눈이 오는 날이 더 좋았다.

◦

산자락 입구에는 작은 노점이 하나 있었는데, 이곳은 이미 교내에서 맛집으로 통할 만큼 유명했다. 동동주와 파전, 도토리묵도 맛있었지만 셋이 먹어도 배부를 양의 비빔국수가 인기였다. 맛은 물론이고 이곳이 사랑받은 이유는 다양한데 공기 좋은 산 아래

있다는 것과 저렴한 가격, 그리고 이른 시간부터 술을 마실 수 있다는 점이었다. 그러다 보니 산을 찾는 사람도 정상보다 산자락 입구에 더 많았다. 구석에 자리를 잡고 주머니 돈을 탈탈 털어 술과 안주를 시킨다. 쌓여가는 술병과 달리 내일의 두려움이나 걱정 따위는 없었다. 예술을 논하고 사랑을 논하다 보면 금세 하루가 저물었다. 흥건히 달아오른 얼굴로 환하게 웃는 동기의 앞니 사이에 낀 고춧가루도 웃는다. 모락산도 붉게 취할 즈음, 결전을 다지는 동지처럼 어깨를 두르고 그곳을 나선다. 누군가 걸쭉하게 노래 한 자락 선창하면 메아리치듯 따라 부르기 시작한다.

。

술에 취해 낭만에 취해 노래 부를 수 있었던 그 시절은 왜 그토록 짧았던 것일까. 초겨울 빈 경치를 앞에 두고 혼자 마시는 낮술이 차고 쓰다.

고독에 대처하는 자세

연예인들의 자살 소식을 접할 때면
안타까움 뒤로 깊은 공감이 든다

정말로 죽고 싶을 때마다
내가 주로 했던 방법은
수건에 얼굴을 파묻고
눈물이 마를 때까지 우는 것이었다
그러면 몸도 마음도 고단해져
금세 잠이 든다

다음날이 되면
지난밤의 슬픔과 분노는 사라지고
퉁퉁 불어버린 두 눈 걱정만 남는다

열심히 얼음찜질을 하며 생각한다
누군가와 싸워 나만 얻어터진 느낌이다
부은 눈이 가라앉으면
주섬주섬 짐을 챙겨 나선다

초겨울 생경한 햇빛을 피해

희미한 그림자를 따라 걷는다

겹겹이 포개어진 그림자들

다시 혼자가 아니다

애물 愛物

편의점에 들렀다. 캔커피 한 개를 집어 든 후 지갑을 열어보니 카드가 없다. 지난밤 온라인 쇼핑할 때 컴퓨터 앞에 꺼낸 둔 것을 잊었다. 만 원짜리 한 장을 꺼내 계산 후 거슬러 받은 지폐는 지갑에 담았는데 동전이 문제였다. 바지에 쑤셔 넣으니 주머니가 불룩해져 보기 싫었다. 걸을 때마다 짤랑거리는 소리까지 내니 애물단지가 따로 없었다.

○

지금은 쓸모없는 신세가 된 이 동전 하나로 많은 것을 할 수 있던 시절이 있었다. 어릴 적 학교 앞 오락실에 가면 철권을 할 수 있었고 떡볶이와 어묵도 사 먹을 수 있었다. 백 원짜리 하나로 달콤한 코코아나 율무차도 마실 수 있었다. 지금처럼 휴대전화가 없었던 시절에는 몇 십 원으로 늦은 밤 그리운 사람의 목소리도 들을 수 있었다.

○

화폐가치와는 별개로 그 시절 동전의 역할은 무궁무진했다. 하늘 높이 던진 후 손등에 올려놓고 앞면과 뒷면을 놓고 운을 점치기도 했다. 놀이터에서 놀다가 동전이라도 발견하면 그날의 모든 행운은 다 내 것인 양 기뻐했다. 동전으로 가득 찬 돼지 저금통은

185

그 시절 내 보물 1호였다.

　○

집으로 돌아가는 지하철을 기다리며 자판기에서 커피 한 잔을 뽑았다. 그래도 동전 몇 개가 남았다. 낡은 동전 하나가 눈에 띄어 유심히 보니 뒷면에 표기된 발행연도가 내가 태어난 해와 같았다. 나만큼 살아온 동전은 그 테두리가 조금씩 흐려지는 내 손가락 마디와 닮아 있었다. 동전도 분명 빛나는 순간이 있었을 텐데. 그때만 해도 몰랐겠지. 일생을 비비고 부비며 살아갈 줄은.

　○

모른다. 주머니 속에서 울고 있던 그 동전은 텅 빈 세상에서 자신의 존재를 증명하기 위해 안간힘을 쓰는 중이었을지도.

연緣

계절이 바뀌듯 나의 꿈은 매해 바뀌었다. 아주 어릴 적에는 선생님, 초등학교 때는 아이스크림 가게 주인이 되는 것이었다. 중학교 때는 화가를 꿈꾸었지만, 집안 사정에 의해 의지와 상관없이 상업계 고등학교에 진학하게 되었다. 그 시절에는 잃어버린 꿈을 다시 찾는 것, 그것이 꿈이었다.

○

23살에 처음 만난 영화 속 흑백사진 한 장은 남은 내 삶 전부를 뒤집어 놓았다. '연애소설'이라는 영화였는데 주인공의 취미생활이던 사진이 훗날 서로에게 닿을 수 없는 이들의 연을 이어주는 내용이었다. '사진'이라는 것에 처음 관심을 갖게 되었고 충무로에 있는 사진학원에 등록했다. 당시엔 지금처럼 디지털카메라가 보급되기 전이어서 사진학원에 가면 필름 카메라로 수업을 받았다. 촬영한 필름을 직접 현상하고 인화하는 아날로그 작업에 더욱 흥미를 느끼고 매료되어 대학 진학까지 꿈꾸게 되었다.

○

사진은 그렇게 잃어버린 꿈을 찾게 해주었고, 남들보다 늦은 나이에 대학교 캠퍼스 생활이란 것도 누리게 해주었다. 만화, 소설책만 읽던 과거와 달리 철학서와 미술서에 관심을 갖게 되었고,

'다르다'와 '틀리다'의 차이를 사진을 배우며 알게 되었다. 미처 알지 못했거나 외면했던 것들에 하나씩 시선을 두다 보니 보이지 않던 것들이 보이기 시작했다.

○

졸업 후에는 '사진기자'라는 직업을 갖게 되었고, 사진은 나를 어디로든 데려다주었다. 상상으로만 그리던 풍경이 눈앞에 그려지고 가슴에 담아졌다. 사진과의 동행이 십 년이 넘었을 즈음 영영 탈출하지 못할 거 같았던 직장생활에서도 독립했다.

○

사진으로 만난 인연들도 많았다. 학교, 회사에서 만난 사람들 외에도 십 년 전, 재능기부를 통해 알게 된 봉사단 사람들과는 가족처럼 지내고 있으며, 퇴사 후 몇몇 기관에서 진행한 강의나 강연을 통해 만난 수강생들과의 인연도 이어가고 있다. 대부분 또래이거나 연배가 한참 위인 분들도 계시다.

스치듯 만난 영화 속 사진 한 장은

내 인생의 연이 되어주었다

클로버

이 작은 풀잎에는 어여쁜 이름만큼
고운 뜻이 담겼다

첫 번째 잎은 희망
두 번째 잎은 사랑
세 번째 잎은 행복
네 번째 잎은 행운

어릴 적 우린
나의 혹은 누군가의 행운을 찾기 위해
푸른 들판으로 뛰어들었다
어렵게 찾은 네 잎 클로버는
잘 코팅해서 책갈피로 사용하거나
좋아하는 사람에게 선물하기도 했다

푸른 들판 대신 빌딩 숲에서
대부분의 시간을 보내야 했던 지난날
모든 것들은 점점 멀어져 갔다

오르면 오를수록
포기할 수 없는 것들이 많아졌고

다시 내려갈
용기가 없어졌다

그러나 꼿꼿하게 세웠던 허리를 구부리자
촉촉한 세상이 눈에 들어왔다

빚쟁이

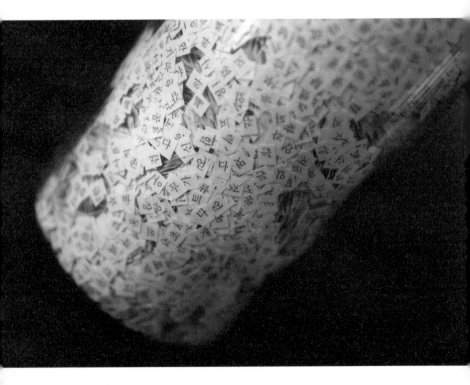

해가 거듭할수록 금전으로 생겨나는 빚들도 늘어간다.

○

학자금 대출이나 할부로 쌓여가는 카드대금도 나를 옥죄기는 마
찬가지다. 빠듯한 하루살이. 그렇게 사람을 피한다. 그나마 희망
적인 것은 은행 빚은 열심히 일해서 갚으면 조금씩 줄어든다는 것
이다.

○

반면 갚을 수 없는 것들이 있다. 마음의 빚이다. 해가 거듭할수록
불어나기만 한다. 연락이 끊긴 지 이십 년이 되어가는 친구가 있
다. 당시 당뇨를 앓으셨던 친구의 아버지가 급작스레 돌아가셨
는데, 메신저를 통해 부고를 전해 들었다. 어떤 위로의 말을 해야
할지 몰랐던 난 결국 적당한 말을 찾지 못했고 서툴게 내뱉은 몇
마디가 되려 친구에게 상처가 되었다. 그렇게 사람을 잃었다.

○

말 한마디에 천 냥 빚을 갚는다는 말은 말 한마디로 천 냥 빚을
질 수 있다는 뜻이기도 했다. 그날 이후 난 평생을 빚쟁이로 살고
있다.

마포대교

칠흑 같은 어둠 속을 홀로 걷고 있었다

걸음 뗀 자리마다 시린 바람이 불 때
누군가 말을 건넨다

"밥은 먹었어?"
"오늘 하루는 어땠어?"

수 백 개의 불빛보다
따뜻한 말 한마디가
위로가 되는 순간

불어난 강물 위에
박혀 있던 검은 달이
조금씩 흔들리기 시작한다

전화기를 꺼내어
무작정 다이얼을 누른다

곤

봄이 오려나 봐

네가

먼저 왔으면 좋겠다

밤새 소란을 피우던

불빛들이 잠들 무렵

사력을 다해

다리를 건넌다

맛있는 기름

최근 여행에서 요리에 취미를 갖게 됐다는 친구 한 명이 자신 있게 김치찌개를 끓이겠다고 했다. 의심 반 기대 반으로 먹어본 국물에서 묘한 맛이 났다. 느끼하면서 고소한, 언젠가 먹어본 듯한 익숙한 맛. 알 수 없는 의식의 흐름은 숟가락을 분주히 만들었고 금세 바닥이 드러났다. 식사를 마치고 뒷정리를 하던 중 조리대 위에서 낯익은 노란색 통을 발견하고는 웬지 모를 반가움에 피식 웃음이 새 나왔다.

○

마가린. 어릴 적 우리 집 냉장고에 항상 있었던 만능 양념(?)이었다. 어릴 적 아버지가 끓여준 김치찌개에도 고기 대신 마가린이 들어갔고 냉장고가 텅 비었을 때도 그것만 있으면 걱정이 없었다. 갓 지은 흰밥에 마가린 한 스푼을 넣고 간장 몇 방울을 떨어뜨려 쓱싹쓱싹 비벼 먹으면 별다른 반찬이 필요 없었다. 여기에 기름에 살짝 튀긴 달걀 프라이 한 장까지 얹으면 요즘 말로 게임오버다.

○

여행에서 돌아오는 길, 저녁 메뉴를 파스타로 정하고 마트에 들렀다. 트러플(송로버섯)오일이 눈에 띄었다. 미식가들 사이에서

'땅속의 다이아몬드'라고 불릴 만큼 고급스러운 향과 맛을 낸다는 고급 식재료. 그 맛이 궁금하기도 하고 때마침 저렴한 가격에 판매해서 구입했다. 집으로 돌아와 파스타를 만들었다. 조리 마지막에 트러플 오일을 몇 방울 떨어뜨려 먹어보았는데, 묵직하게 퍼지는 낯선 향과 맛이 입안에 오래 맴돌았다. 생경한 느끼함뿐이었다.

◦

세계 3대 진미를 알아보지도 못한 채 어제 먹은 김치찌개를 그리워하는 것은 낯설음 그리고 내 싸구려 입맛 때문일 수도 있다. 촌스럽다 해도 좋다. 트러플 오일보다 마가린이 더 맛있다.

◦

어쩌면 미각을 깨우는 우선순위는 고급 식재료가 아니라 잊고 지냈던 옛 기억일지도 모른다.

마법의 성

1994년에는 다양한 장르의 음악들이 대중가요계를 이끌었다.

◦

그중에서도 발라드 곡들이 유독 많은 사랑을 받았는데 내 기억에
가장 오래 머무른 노래는 '마법의 성'이다. 감성적인 멜로디와 시
적인 가사가 인상적이었던 이 곡은 '어른을 위한 동요'라는 수식
어까지 붙여지며 세대를 넘어 폭넓게 사랑받았다.

◦

그 해 나는 담장 하나를 두고 남학교 여학교가 나뉘는 중학교에
다니고 있었다. 학교로 향하는 길목에는 장미꽃 넝쿨이 가득 덮
여 있었다. 단발머리 소녀들이 담장 아래를 걸어가면 이유 없이
볼이 발그레해 지던 날들이었다.

◦

그 시절 나의 첫사랑도 시작되었다. 서태지도, 까까머리 소년들
도 아니었다. 그 대상은 새로 부임해 오신 체육 선생님이었다. 잠
들기 전 라디오에서 '마법의 성' 이 흘러나오면 선생님을 떠올리
며 펜을 들었다. 아침이면 늘 그의 자리에 들러 간밤에 쓴 편지와
껌 한 통을 올려 두었다. 종종 껌을 씹는 그에게서는 말할 때마다
블루베리 향이 퍼져 나왔다.

○

졸업을 며칠 앞둔 어느 날, 우연히 반쯤 열린 그의 서랍 속 사진을 보게 되었다. 꽉 감아버린 두 눈 사이로 왠지 모를 서운함이 흘러내렸다. 그에게서 더 이상 아무 향도 느껴지지 않을 무렵 마법의 성과도 안녕을 고했다.

○

지금도 가끔 그때가 그리운 것은 첫사랑 때문만은 아닐 것이다. 이유 없이 볼이 발그레 물들던 시절의 나를 그리는 것일지도 모른다.

황금 레시피

커피 두 스푼
프림 두 스푼
설탕 세 스푼

맛있는 커피를 만들기 위한
'황금 레시피'
라고 어릴 적 누군가에게 전수받았다

누군가에게는 너무 달거나 쓸 수도 있는

이십 대 대학 취업 연애
삼십 대 결혼 출산 육아
사십 대 승진 사업 여가

이것이 반드시 정답은 아닐 것이다

나는 또래보다 늦은 나이에
대학에 진학했다

37살에 오래 다니던 회사를 관두고
미뤄두었던 꿈을 좇기 시작했다
내게는 맞지 않는 옷만 같았던
결혼도 했다

시작이 남들보다 늦다 보니
늘 따라가기 바빴다
집도 아이도
포기하는 것들이 수두룩했다

좌절 한 스푼
후회 한 스푼
쓰디쓴 인생의 맛에
뚝심 세 스푼으로
간을 맞춘다

요리도 사진도 인생도 그 어디에도
황금 레시피는 없었다

적당한 혹은 완벽한 기준 따위는

애초에 존재하지 않았다

변명

자른 지 얼마 안 된 거 같은데
그새 손톱이 자랐다
길어진 손끝으로 타자를 치려니
손톱이 부서지기 시작한다

원고가 밀리기 시작한다
무더운 날씨 탓이다
얼마 전 다툰 친구 때문일 수도 있다
물 새듯 빠져나가는 통장 잔고도 한몫한다

손톱이 자라듯 변명들도
조금씩 자라기 시작한다

친구와의 약속에 늦을 때마다
잘 되던 핸드폰은 갑자기 먹통이 되고
도로에는 평소보다 차가 많아진다

누군가를 밀어낼 때도 마찬가지

특별한 이유는 없다

적당한 핑계거리를 찾아내 그럴싸하게 포장한다

그렇게 애써 키운 말 뒤로 숨기 일쑤다

입 밖으로 흘려보낸 것들을

한 데 모으니 거대하다

이것을 엮어도 책 한 권이 되겠다 싶다

부서진 손톱을 바짝 잘랐다

누군가를 이해시키기 위해 늘어놓았던

스스로도 이해할 수 없는 무수한 말들까지

잘라내야 한다

탁, 탁, 탁

손끝에서 모난 마음의 타작소리가 울리기 시작한다

제자리

고등학교 졸업 후 처음 학교 근처 분식집을 찾았다.

○

커다란 양푼 가득 담겨 나오는 떡볶이와 쫄면, 새콤달콤한 우무까지 모든 것이 그대로다. 노란 단무지와 떡볶이 한 술에 지금은 소식조차 모르는 친구 얼굴이 아른해진다.

○

그 시절 우리는 시시콜콜한 이야기부터 다가올 미래에 대한 계획까지 모든 걸 나누었다. 사각거리는 마음을 매일 밤 일기장에 담아 다음날 교환해서 읽기도 했다. 식성도 비슷했던 우리는 학교가 끝나면 분식집으로 달려가 늘 먹던 것을 주문했다. 그리고는 조심스레 사방을 살폈다.

○

사실 우리가 그곳을 자주 찾은 데에는 또 다른 이유가 있었다. 분식집 근처에는 제물포고등학교라는 남학교가 있었는데, 나의 짝사랑도, 아직 본 적 없는 친구의 짝사랑도 그 학교에 다니고 있었다. 학년도 이름도 모르지만, 분명한 것은 둘 다 굉장한 훈남이라는 것이었다. 우린 온갖 상상의 나래를 펼치며 설렘과 기대감에 차 있었다.

언제라도 마주치지 않을까 하는 마음에 그토록 좋아하는 떡볶이도 조신하게 베어 먹었지만, 아쉽게도 분식집에서 조우하는 일은 없었다.

○

그해 가을, 친구와 난 그 학교에서 열린 축제를 찾았다. 강당 중간 즈음 자리를 잡고 혹시나 하는 마음으로 무대를 지켜봤다. 얼마 후 6명의 남학생이 무대에 올라 젝스키스의 '폼생폼사'를 부르기 시작했다. 훤칠한 키의 남학생이 무대 앞으로 나오자 친구와 나는 동시에 환호성을 질렀다. 순간의 정적이 지나고 서로를 쳐다보며 직감했다. 그 일은 몇 년의 시간을 함께한 우리에게 찾아온 가장 큰 혼돈과 시련이었다. 그날 이후 우린 서로의 마음에 무덤을 지었다. 더 이상 일기장을 나누어 보는 일도 그 학교 앞 분식집을 찾는 일도 없게 됐다.

○

분식집 한쪽에서 삼켜보는 친구의 이름. 긴 세월을 보내고 나서야 제자리로 돌아온 마음은 결국 한 짝뿐이었다.

돌아보면 시기마다 기억의 은신처를 만들었던 것 같다. 그것들은 공간이나 사물처럼 유형인 것도 있었고 음악이나 영화처럼 무형의 것도 있었다. 자주 가던 음악감상실이나 갈 때마다 요구르트를 챙겨주던 동네사진관이 그러했으며 영화가 시작되면 시간 가는 줄 몰랐던 동시상영관이 그랬다. 힘든 순간마다 그 속으로 나를 숨겼다. 하지만 유속처럼 흐르는 시간속에 내 작은 은신처들은 하나 둘 사라지기 시작했고 조금씩 잊혀져 갔다.

네모난 회색 도시에서 세모의 마음으로 살아가는 것이 쉽지 만은 않았다. 그럴 때마다 난 희미한 기억 속으로 둥글게 몸을 말아 넣었다. 그토록 그리던 은신처가 가시밭길 한 가운데 지어졌다.

부끄러운 순간들을 꺼내 놓는 일은 쉽지 만은 않았다. 도망치려고만 했던 어린 날의 빈곤한 기억에서부터 이제야 조금은 이해할 수 있게 된 아버지까지. 오래 묵은 기억일수록 무거웠고 감당하기 벅찰 때도 있었다. 어른이 되었다고 생각했지만 나는 아직 소심하고 겁 많은 어른이었다. 겹겹이 감싸고 있던 포장을 스스로 벗겨내기까지 오랜 시간이 걸렸다. 산자락에 놓인 낡은 집에 살았던 경험이나 늘 원망의 대상이었던 아버지에 대한 잔상들은 〈우물 있는 집〉, 〈삼킬 수 없는 것들〉, 〈노잣돈〉으로 다시 태어날 수 있었다.

글이 써지지 않는 날이면 애꿎은 날씨나 기분 탓을 해보기도 했고 포기라는 단어를 떠올리기도 했다. 그럴 때마다 격려와 용기를 준 최연 편집장님께 감사의 인사를 전한다. 제대로 글 수업을 배워본 적 없는 내게 작가로서의 정신과 입지를 다질 수 있도록 진심 어린 조언을 해주었던 그를 만난 건 큰 행운이었다. 글마다 준열한 정신과 의지를 심어주었고 글에 혼신의 힘을 불어넣을 수 있도록 독려했다. 고루한 원고를 빛이 나도록 만들어준 최연 편집장님께 다시 한번 감사를 전하고 싶다.

지금도 가끔 그리운 것들을 떠올리면 그 시절의 좋았던 순간도, 지독히 아팠던 순간도 함께 떠오른다. 한때의 미움이나 설움조차도 그리움으로 바뀌는 시간, 아날로그 시대로의 항해를 시작한다.

아날로그를 그리다

초판 1쇄 발행　　2020년 6월 15일
초판 2쇄 발행　　2020년 6월 25일

지은이	유림
펴낸이	최대석
기획	최연
마케팅	신아영
편집	최연

펴낸곳	행복우물
등록번호	제307-2007-14호
등록일	2006년 10월 27일
주소	경기도 가평군 가평읍 경반안로 115
전화	031)581-0491
팩스	031)581-0492
홈페이지	www.happypress.co.kr
이메일	contents@happypress.co.kr

ISBN	978-89-93525-79-3 03810
정가	15,000원

이 책의 국립중앙도서관 출판예정도서목록(CIP)은
서지정보유통시스템 홈페이지(http://seoji.nl.go.kr와
국가자료공동목록시스템(http://nl.go.kr/kolisnet)에서
이용하실 수 있습니다.

행복우물출판사 출간 도서

●에세이 추천　삶의 쉼표가 필요할 때 / 꼬맹이여행자
2019 여행에세이 분야 1위, 2020 확고한 스테디셀러 ―
세상의 차거움 속에서도 따뜻함을 발견해내는, 여행 자체보다
그 여정에서 용기와 고통, 희열을 만나는 여행자의 이야기

멀어질 때 빛나는: 인도에서 / 유림
유림 작가의 인도 여행 에세이 ―
일상에서, 과거에서 멀어질 때 담아낸 빛나는 사진과 글들
인도에서 만난 사람, 풍경, 그리고 울림의 기억들

●출간 도서　한 권으로 백 권 읽기 / 다니엘 최 ○ 흉부외과 의사는 고독한
예술가다 / 김응수 ○ 겁없이 살아 본 미국 / 박민경 ○ 나는 조선의
처녀다 / 다니엘 최 ○ 하나님의 선물 ― 성탄의 기쁨 / 김호식, 김창주
○ 해외투자 전문가 따라하기 / 황우성 외 ○ 꿈, 땀, 힘 / 박인규
○ 바람과 술래잡기하는 아이들 / 류현주 외 ○ 어서와 주식투자는
처음이지 / 김태경 외 ○ 신의 속삭임 / 하용성 ○ 바디 밸런스 /
윤홍일 외 ○ 일은 삶이다 / 임영호 ○ 일본의 침략근성 / 이승만 ○
뇌의 혁명 / 김일식 ○ 벌거벗은 겨울나무 / 김애라

행복우물 출판사는 재능있는 작가들의 원고투고를 기다립니다
(원고투고) contents@happypress.co.kr